詩三百首

自序

極速出了一本新詩集，是無心插柳柳成蔭之作；前博益編輯阿丁問：九龍城書節有甚麼搞作?!（她自家搞了這個獨立出版社！）我半講笑地說：不如我寫本詩集啦！就這樣，我用了十八日時間，寫了三百首新詩！！！其實好坦白講，一世人都無諗過出詩集，刹那即興卻又成了事！既然這樣，也得講個故事……

話說我母親在上海出生長大，不情願地來港生活，不情願地早早嫁人；於是總去寫新詩抒發感情、抒發生活壓力；由六十年代起至九十年代（她於一九九五年過身）在香港不同報紙、雜誌以「萍夢」這個筆名發表新詩！（也發表過一些散文及小說）若你是老一輩的讀者，無錯！「萍夢」就是我親愛的媽媽；她跟我說過，「萍夢」的意思是：「人生就如浮萍，漂泊不定；人生如一場夢，虛幻迷離。」她的作品充滿苦澀、辛勞悲傷、多愁善感……因為她本身性格如是。她的孻仔就是個相反，愛玩、愛搞笑、愛探險、愛搗亂……所以我的新詩，跟她風格完全唔同！不過我也有多愁善感的時候噢！那麼就請大家欣賞「雲海」的三百首新詩……有啲認真、有啲幽默、有啲政治、有啲咸濕、有啲爛gag、有啲語重心長……在這個荒謬的年代，其實我有啲驚，若果我本書攞咗諾貝爾文學獎點算?!點同我母親交代?!

在此再次多謝出版社、編輯、設計師、插畫師的極速幫忙；若果我攞到文學獎，我會上台大聲多謝你哋！

雲海

目錄

前言

破格新詩，雲我獨專！

【一】

靜夜屍

床前明月光，
人狼面上傷；
舉頭望凶兆，
低頭兼上香。

【二】

星球迷

太陽系以外，看似遙不可及；
火星，還是未能著陸；
月球，人類算是打了幾次擦邊球；
每個人類的心，零距離……卻無法觸摸。

【三】

PARKnSTOP

大商家死後，千人送殯，衣香鬢影；
小市民過身，數客道別，真摯誠懇。

【四】

官僚感受

投訴投訴投訴投訴；
處理處理處理；
記得記得；
遺忘；
完！

【五】尋開心

心靈書店大減價；
精神貨品低至三折；
購想滿指定金額並LIKE隱形Facebook，
即享夢想回贈；
改運帶優惠套裝開心價$四十四。

【六】

港豬旅程

四日三夜的，
不是旅行；
就地起身轉三圈，
比它還強！

【七】

所謂自稱

自稱「民主建港」最唔民主；
自稱「熱血」最冷血；
自稱「共產」最私吞財產；
自稱「人類」其實最無人性！

【八】

發現新大陸

中國有妓女……在台灣！
東方明珠塔……在香港！
未來經濟城……在上海！
悲！

【九】

請帖：飄靈宴

訃聞最重要的信息是，
每個人都有一死。

【一〇】

貓狗之不理

天津名食「狗不理」；
天堂名物「貓不理」。

【十二】

打官司 VS 打喪屍

喪屍比高官有道德得多；
喪屍要追捕到你，咬到你，才傳染到你；
高官可遠距離，濫權僭建法律，你便即時遭殃。

【十二】

軟硬兼施

炸兩有趣的地方是，
看起來軟，
咬起來硬，
食下去……會上火！

【十三】

解決土地問題

上水居民居水上；
火星殖民殖星火。

【十四】

生死時刻

誰真的記得自己生日?!我指真正生日那刻；
誰真的記得自己忌日?!我是說根本無靈魂。

【十五】

吸啡殭屍

若果血是咖啡，
一早起來便盡情吸吧！
便得悉血糖高不高！

【十六】

人類性學演變簡史

古代，三妻四妾屬正常；
現在，二奶小三是死罪；
未來，單性繁殖是王道。

【十七】

人類手指使用簡史

石器時代，手指用來挖鼻屎；
中古時代，手指用來拉弓箭；
電子時代，手指用來撥手機。

【十八】

歸根究柢

秋天的落葉是多麼的漂亮；
等等，
你知道它們其實就是樹木的屎嗎?!

【十九】

4號白屋

天荒地老，
流連在……摩星嶺！

【三〇】

人類子嗣定理

長子，是承擔所有家庭責任；
次子，是完全自己未能達成之夢想；
孻仔，是用來「縱」的！

【二一】

真・貓王

翻天覆地的變化；
翻天覆地的貓肚；
貓奴的心溶掉了～

【二二】

字淚行間

追得到也未必好；
追唔到又激壞肚；
編輯追作者稿就是這樣……又何苦呢?!

【二三】毒字生活

作者第一次對稿，叫興奮；
第二次對稿，叫無奈；
第三次對稿，叫活受罪！

【二四】

飲恨

有一種罪，連活水也拯救不了……
它叫「鉛罪」！

【二五】

人生是上網和打牌

足不出户，能知天下事；
牌不出銃，能儲世間財。

【二六】

不明所以

長少灣個「灣」，就可讀「環」；
中環的「環」，就不可讀「灣」！
不公平！不公平！不公平！
對！世事就是不公平！

【二七】

過去未來式

若果叫 Do Do 的，可被稱為 Did Did；
那麼叫 YY 的，也可笑說 ZZ。

【二八】

媽我好亂啊！

為何以往讀過書的地方叫「母校」？！
而不叫「父校」……
一定是母權主義作祟！

【二九】

親～

甚麼是「反話」？
不就是講「父親」及「母親」！
明明個個仔女「父不親」、「母不親」！

【三〇】

親子有道

不想親欲縱而子不在……
快快換部新手機給他吧！

【三一】

不明來歷

來吧！我甚麼都應承；
來吧！我甚麼都聽命；
到底，「來吧」是誰？

【三二】

聖驚解密：恐龍之謎

神學家高聲向天問：
「天呀！恐龍為何而生呀?!」
上帝說：
「我實實在在告訴你們，為了石油！」

【三三】

聖驚解密：生命之謎

神學家高聲向天問：

「天呀！人類為何而生呀?!」

上帝說：

「我實實在在告訴你們，一時錯手！」

【三四】

聖驚解密：造人之謎

神學家高聲向天問：
「天呀！為何一時錯手呀?!」
上帝說：
「我實實在在告訴你們，錯不在我！問我老婆！」

【三五】

高人一等

為甚麼，朗誦比賽的同學，總吊高八度唸詩?!
你到今天，還不知甚麼是「吊高來賣」?!

【三六】

雲與海

雲是鶴家鄉，
海是龍世界；
錯！錯！錯！
雲是UFO家鄉，
海是外星人世界。

【三七】

接近死亡

光明，是道路；
照亮，是前景；
每次生日，把蠟燭吹熄，
我就知道是噩夢的開始……！

【三八】

男歡女愛

不准男人喝啤酒，
等於不准女人油指甲。

【三九】

真的快樂了？

你不知道「快樂」是最 cheap 的嗎？！
生日快樂、聖誕快樂、新年快樂、中秋快樂……
現在連萬聖節都快樂了！

【四〇】

窮人福音

「駱駝穿針孔，比富人進天國更易！」
注意！耶穌無話過駱駝穿針孔成功喎！

【四一】

人衰起上來（食都冇得食）

人若果無夢想，同條鹹魚有咩分別呢?!
鹹魚可以畀人食，但係食人肉係犯法㗎！

【四二】

迷幻藥廠

人們吃「咳藥水」還是咳；
當然，它們不叫「止咳藥水」！

【四三】

我是誰？

拿出你的身份證；
到底是身份證代表你，
還是你代表身份證?!

【四四】

往生極樂世界

看著人們出殯過程，明明扶棺木，卻說成扶靈……

以後坐屎塔，可稱作坐擁生態循環之巔！

【四五】

人情債

結婚，大排宴席，收人情；
離婚，都應該大排宴席，退人情；
請加上利息！

【四六】

暗算

你做初一，我做十五；
你做二五，我做六四；
你做三姑，我做七佬；
你做八婆，我做八公。

【四七】

猛鬼之地

每間醫院，有停屍間；
每間學校，有停思間，就是課室本身！

【四八】

賣命片場

馬戲班最多是人戲；
每個辦公室是也！
千萬不要以為老闆是大笨象；
他只是包廂觀眾。

【四九】

兩性娛樂

有人說，韓劇是女人的AV；
那麼，高達就是男人的性玩具了！

【五〇】

成人電影

有人說，韓劇是女人的成人電影；
你有見過如此慢版的成人電影嗎?!

【五一】

飯賤

「食剩飯，第時娶個豆皮婆㗎！」

結果明仔只係食剩豆皮，後來娶了飯桶！

【五二】

手當其衝

錯手殺人的「手」真可憐，
無論是用腳踢、用頭撞、或用牙咬，
也是「手」做代罪羔羊。

【五三】

所謂求偶

你知道嗎？

非洲大象向異性求偶，是用腳不斷踏地；

所以，

下次你男朋友不斷「印」腳，你就不要阻止了……

你還是阻止吧，十點鐘方向，有其他異性出現！

【五四】

所謂痛愛

你知道嗎？
中東地鼠沒有視力；
牠求偶，
是用「撼頭埋牆」傳給五十呎以外異性知道；
下次問你的男朋友愛不愛自己，
叫他示範撼頭埋牆就好了！
愛情確實是盲的。

【五五】

泳客

渡海泳，是港口一端游到對岸；
那麼渡河泳，是否上游游到下游？
「那個泳客三個月還未上岸！太離譜！」

【五六】

自然現象

冰封三尺非一日之寒；
糞便三尺非一日之瀉。

【五七】

問世間

「為甚麼生世間上？」

難道，你想生世間下？

【五八】

沒有網絡的真世界

北韓領導人宣佈，世間是真實的！
全球人類，才醒覺自己在虛擬世界！

【五九】

滿堂紅

官朦朧，
商朦朧，
經濟滿堂紅。

【六〇】

語言邏輯

明明是「追屍會」，卻稱作「追思會」；
明明是「喊靜」，卻叫做「喊驚」；
最勁是，明明是「肝」，美其名「膶」；
想說甚麼?!
街上有人稱呼你「靚仔」、「靚女」，
反話來的！

【六一】

人造神論

我們是偉大的唯物主義國家；
我們只信科學；
所以，我們的載人火箭，稱作「神舟」！

【六二】

發誓

聖經說，
不可對天發誓、不可對地發誓、不可對人發誓；
所以我把聖經按下！
「你可以開始發誓了！」

【六三】

臉書神召會

Facebook 大神呀！

你的實體神像在哪裡?!

【六四】

信實的神

上帝呀！
你是信實的！
……即是沒有靈魂的吧！

【六五】

尋親記

神說，那個亞當一人不好；
所以為他創造了女人夏娃。
「神父！神母呢?!」

【六六】

叮噹一樣

「地下鐵碰著她～……」
「先生，請注意，已經改成『港鐵』了！」
童年崩壞！

【六七】

生活實用圖書

書到用時方埝煲！

【六八】

標準時間

報時一響，
就是格羅茲尼時間……誤點！

【六九】

《8/8》（改自《3/8》歌詞）

改詞：雲海　演繹：Henry Chen

一朝驚醒已在墳前，怎麼走了不知道；
屈指一算突然發現，透不到氣已蓋掩；
離原本死的有些遠，好比揀選陰界的路線，
被拍打一仆傷半邊！
由這裡！行過去！行過去！下一區。

誠實地！無懼地！隨遇地！行過去！
落陰間！落陰間！遊完可返到這裡。
別說出發以後習慣死去。
鮮花擺滿屍體裡。
把握燒香最後十年，珍惜燒去的風扇；
很多支票未曾兑現，fans不滿我逃掉；
成層樓燒比我不算，不可妹仔竟有七十吋，
何謂厲鬼秒秒在變！
由這裡！行過去！行過去！下一區。
誠實地！無懼地！隨遇地！行過去！
落陰間！落陰間！遊完可返到這裡。
但我高興繼續魂頭於這裡。
彫刻寫我這一句：

「掌握青春經歷老死中間不免有稀虛；
今天這一階段至少不只可以談空虛。」
行過去！行過去！行過去！下一區。
藍綠地！回舊地！前事地！行過去！
落陰間！落陰間！無魂孤走到這裡。
但我高興繼續魂遊多幾歲。
由這裡！行過去！行過去！下一區。
邪味道！神味道！回味地！行過去！
聞支香！聞支香！誰要食咸肉汽水！
只想等他放在神台，
不早不晚的一住，
平常心家中嫁娶，冥婚的風呂。

【七〇】

癲佬妄想

慶幸鏡子內的東西，只是左右換轉；
若果，是上下倒轉便慘了！
若果，是前後反轉的話……還照甚麼鏡！

【七一】

友誼的層次

死黨，肯為雙方死，才叫死黨；
別濫用，其他叫朋友就夠了！

【七二】

問西醫

政府經常呼籲：
「每個人對藥物反應不同。食了藥就不要駕車啦！」；
説得多對，每個人對藥物反應不同；
那麼，為甚麼醫生配西藥，當每個人反應一樣呢?!

【七三】

過時用語

不知從何時開始，
「也文也武」成為超級貶義詞；
好了！現在一個二個宅男宅女；
這句再不能用了！

【七四】

偽術語

「大嶼山」，就不敢讀「罪」；
「通書」又變成「通勝」；
那負面極大的「氣球」，為甚麼不叫「樂球」？！

【七五】

為甚麼要出席？

招呼唔到！
招呼唔到！
招呼唔到！
仲講！退人情呀！

【七六】

犯賤

明明很寸；
你卻很喜歡；
貓！

【七七】

關於永恒

剎那的光輝，其實是永恒的；
還有，變幻原是永恒；
便秘也是永恒！

【七八】

黃雨傘

其實，落雨又有乜好怕呀?!
一起舉傘……
原來係政府怕！

【七九】

搗蛋 GO~

切生日蛋糕最開心不是吃；
而是分蛋糕時不斷倒下！
見蛋糕仆街最開心！

【八〇】

安安佳佳樂樂盈盈

為甚麼，熊貓的名字，不能叫「罐罐」?!

【八二】

置之死地趁後生？

你知道嘛，
跳豆中的蟲，
由出生到死，
都跳不出來；
樓奴，你懂的！

【八二】

咖啡人生

飲咖啡，是行為藝術；
洗咖啡杯，是工人技術。

【八三】

財經豬家

電台新聞訪問了一個財經人員；

一開始就話：

「我之前經常講，香港十月份股市會有大跌嘅風險！」

講完中間一堆垃圾後；

臨尾佢話：

「不過，恒生指數唔會有非常大跌嘅情況嘅！」

不如你只是說一句：

「我係屎！」

【八四】

邪惡炸物

若果，炸雞脾是邪惡；
那麼，炸臭豆腐是原罪了！

【八五】

生前的錯

人生，輸在起跑線？

出生，輸在父母無錢買安全套！

【八六】

男女之身

每個男人一半是女人；
不信?!
男人一對乳頭是甚麼?!

【八七】

食肥唔食瘦

哦！食唐僧肉就是妖魔鬼怪?!
食東坡肉就不是人啦！

【八八】

搭通天地線

若果天堂有收音機，
是收聽地獄的廣播嗎？！

【八九】

夢寐以求

阿媽！
我成功入了「夢工場」返工呀！
做些甚麼?!
入夢！

【九〇】

夢醒時分

「夢工場」工作很舒服，
天天發夢；
最大壞處是，
薪金在夢中發放。

【九二】

貪一個方便

聽說，
狗吃屎，
是因為遠古時候，
狗吃了那些氣味，
以免受捕食者追蹤；
聽說，
人類進化，
留下蘇州屎，
讓後輩處理。

【九二】

神魔之説

一夜魔滿城；
三日神剩血。

【九三】

致敏原

我遇上寵物，會出現敏感；
動物遇上人，會更加敏感。

【九四】

雨中感嘆號

黃雨；
紅雨；
黑雨；
明明雨是透明的！

【九五】

納稅人的怨憤

小明、小明、小小明；
上上、下下、左左右右；
高鐵穿千億！（小！）

【九六】Unlike 的人

打開 Facebook、打開 Facebook，
有個 Like、有個 Like；
快啲睇吓是誰？快啲睇吓是誰？
阿媽嚟㗎！
Unlike 埋佢！

【九七】

各取所需

藥房有驅風油賣；
殮房應該要有驅魔油！

【九八】

一種尊稱

神父，神甫，變回「神父」；
支那，中國，又變回「支那」。

【九九】

飛雲正傳

世界將我包圍，
誓死都一齊……；
當然，難道你包圍世界嗎?!

【一〇〇】

摸底遊戲

十五，二十；
開晒；
五，十；
收晒！
官商鄉黑。

【一〇一】

沙示與沙士

沙示、沙示、沙示、沙示，
邊個都鍾意，係惹味啲；
沙士、沙士、沙士、沙士，
邊個都瀨嘢，係野味啲！

【一〇三】

化腐朽為神奇

有甚麼東西腐敗了才最正?!
豆腐。

【一〇三】

放飯

人類把糧食放在兜內，
叫「餵貓」；
那麼，
阿媽把熱飯放入碗內，
應叫「餵人」；
……或許，
每個阿媽都這樣想！

【一〇四】

如此類推

人狼，是由人變狼；
青蛙，應改名「蝌蛙」；
蝴蝶，應改名「蟲蝶」。

【一〇五】做隻貓做隻咪不做賤人

人狼，是由人變狼；
家貓，是由可愛變臭寸！
〔鏟屎啦！仲唸詩！喵！〕

【一〇六】

食咗先算

炸兩有理；
造反無罪！

【一〇七】

龜叔叔

若果點一點就縮晒的植物叫「怕羞草」，那麼一有事就縮晒的政客叫「怕羞棍」就好了！

【一〇八】

都説是貓王

貓叫你鏟屎，你不能不鏟；
貓叫你開罐，你不能不開；
貓叫你摝痕，你不能不摝；
你是上帝！我卻似螻蟻！

【一〇九】

意識形態

社會主義好；
家庭主義好；
個人主義好；
細胞主義好。
完！

【一一〇】

數字遊戲

小新考第十；
小明考第一；
小新看不起不明；
有見過一號風球強過十號嗎？！

【一一二】

自動化時代

有自動洗衣機；
有自動洗碗機；
有自動洗牌機；
教會應該製造自動洗禮機！

【一一三】

十月一日

聖經叫信徒十一奉獻；
難道你以為新中國成立的日子是隨隨便便的嗎？！

【一一三】

Holy Shit

平安夜；
升仙夜；
咪！

【一一四】

英文叫 Flower

「花」的正寫是「華」；
自稱「華人」象徵著甚麼?!
「花人」，瞬間凋謝。

【一一五】

講級數

拳賽也有輕量級、重量級；
市場只有一種；
超級！

【一一六】

記憶載體

無意翻出一個紅色盒；
原來是幾百張九十年代剪報；
內容已不重要；
是青年回憶！

【一一七】

痕跡

自從有了即溶咖啡，
咖啡渣已成負面產物；
人生的渣，
還是極其重要，
那就是回憶。

【二一八】

身首異處

若果剪報係報紙的肢解案；
那麼離婚是愛情的大屠殺！

【一一九】

因為愛

把報紙喜歡的部分剪出來；
把情人喜歡的部分剪出來，可以嗎?!

【一二〇】

都說愛是不保留

愛一個人，
就像無論喜惡，
都整份報紙保留；
而日子久了，
你就會把整份報紙丟掉！

【一二】

人生不是競技場

總不能將人生視作賽道；
你知道很多地方連運動場也沒有嗎？！

【一三三】

最終工人贏了！

輸在起跑線?!
你個仔連書包都要工人拿取，
你幫他報名擲鐵餅?!

【一二三】

遊戲人生

你以為人生在世是場遊戲?!

其實你就是遊戲本身!

【一二四】

夢話

若果發夢內容，
是現實的相反；
夢見死去的親人，
就必定是撞鬼！

【一二五】

孟德斯鳩《法意》新説

三權分立是：

進食權；

小便權；

大便權；

其他都是皇帝賜予的！

【一二六】

不老醫學

為甚麼？為甚麼？
年長的樣貌總變老?!
否則，美容公司怎麼存在！
對不起……我指整容公司。

【一二七】

哭了

催淚彈，
是928？
是白皮書？
是韓劇？

【一二八】

你又是誰?

別問我是誰!
因為你連你自己是誰,也不知道!

【一二九】

牙齒印

喪屍出現怎麼辦?!
不是「人」咬你,
就是你咬人!
……跟現在有甚麼分別!

【一三〇】

地鐵南洋線

地鐵，
伸延吧！
不斷伸延吧！
去到印尼，去到菲律賓；
工人回家方便多了！

【一三一】

孟德斯鳩《法意》誤解

三權分立是種誤會；
父權社會是個誹謗；
政府其實絕對無權；
起身小個便就是神權。

【一三三】

懷舊時代

「加油！」代表石油時代；
「甩轆！」代表車輛時代；
為何不用「加核」或「甩鐵」?!
大家都在懷舊。

【一三三】

降世貓

舊式中藥店總有隻貓；
是因為早年喵星人降臨地球，
翻譯錯誤；
譯錯「藥材」是「奴才」。

【一三四】

都是畜生

人一感動，
會起晒雞皮；
人就是雞！
無誤。

【一三五】

點解凸手

古語有云：
「得唔到先至最美好！」
……所以一路都無全民特首選舉囉！

【一三六】

一人做事一人當

若果分手是兩個人的事；
若果離婚是兩個人的事；
一早知道，做個毒L好了；
自己話晒事！

【一三七】

超人傳説

美國超級英雄漫畫，最假的地方是，

他們無可能有正常性生活！

看！Superman 無可能有正常性行為！

……所以他經常飛離地球！

你不覺得有時雨水有怪味嗎?!

【一三八】

超人性傳說

禁止「人獸交」法例不適用於超人；
那麼，
重新立法，
制定禁區「超人獸交」法律！

【一三九】

這就是性趣

少女：「我發現隔籬阿叔同條墨魚性交！」

男友：「……那是個自慰器。」

【一四〇】

It's no wonder

神奇女俠，最離奇的地方是，
經常被誤稱「Wonderful Woman」。
不是嗎?!

【一四二】

成就奇蹟

女人，Wonder Bra；
男人，Wonderful Bra。

【一四二】

超市人

總沒有人，
叫錯超人做，
Supermarket Man！

【一四三】許志安最理解

「Donald 幾無禮貌呀！叫佢佢唔理人！」

Batman 望一望拍檔，

表示同情！

【一四四】

槍林彈雨下

其實，
落雨又有咩可怕喎！
無遮先可怕。

【一四五】

無能的人

一起舉傘……

都話咗有人不舉！

【一四六】

我們的最後

每個人都是一首詩；
每個人最終都會是一條屍。

【一四七】

割籍

不要問國家為了你，做了些甚麼；
要問你為了國家，做了些甚麼；
……申請退出英籍。

【一四八】

對沖

對沖是甚麼?!
不就是先來一杯咖啡，
再來杯龍井。

【一四九】

和諧

和諧是甚麼?!
不就是先吃一碗麥皮，
再來個杯麵！

【一五〇】

進退兩難

人生最蠢，
莫過於第一個考試考第一；
以後無得翻身！

【一五一】

人生最大騙案

風水佬呃你十年八年?!
你父母呃你成世呀!
話喜歡小朋友生你?
just做錯事咋!

【一五二】

苦中作樂

「苦中作樂」；
邊首?!
周國賢那首《今生不回家》嗎?!

【一五三】

思想投射

「苦中作樂」根本是誤導！

應該要「苦中作惡」！

【一五四】

為了避開雲海

最大的諷刺，
莫過於港鐵一班高層，
從來都是搭乘……私家車。

【一五五】

四兄弟

東山再起；
日落西山；
壽比南山；
喂！你哋當北山死㗎?!

【一五六】

人之初

古語有云：
「人之初，性本善」；
Or
「人之初，性本惡」；
從來沒有，
「人之初，性中立」；
最憎人騎牆！

【一五七】

欺善與怕惡

食環處到處對付阿公阿婆；
阿公阿婆投票投比建制派；
SM是這樣煉成的。

【一五八】

錯別字

文書寫上「太空總處」；
上司看見大罵：
「你想我們的太空人無後嗎?!」

【一五九】

錯在哪裡

小茜功課上寫：

「長大了想做大空人！」

結果，見家長了！

有些東西，一點也不能少！

【一六〇】

原來不如此

「叮噹」死都要跟返原音「多啦A夢」；
但為何「矽谷」不改回「硅谷」呢?!

【一六一】

滅於起步

明明是「滅音」，
車廂卻印上「靜音」；
政府要人靜一些，
你明點解啦！

【一六二】

最貼題的人生

離題呀！離題呀！你離題呀！
Ok！我唔離題！
從前有個人出世，最後死咗！
完！

【一六三】

Brain Power

電腦！電腦！電腦！
個個都咁講；
令人以為，
人腦無電嘅！

【一六四】

黑白顛倒

德蘭修女，黑暗聖人；
魔鬼撒旦，光明天使；
阿媽！好亂呀！

【一六五】

55555

5555555555……，

一路5嘛！

【一六六】

能醫不自醫

認識不少西醫，不食西藥，睇中醫；
認識一些中醫，不煎中藥，睇西醫；
其實同手勢好的髮型師之頭髮，
由另一髮型師處理一樣。

【一六七】

賭城風雲

未來?!

每個月來一次¡颱風；

首富真發展出¡力場；

賽馬會開盤對賭！

【一六八】

魚柳包

當你知道，
香港好幾位巨富，
經常食嘅，
只係魚柳包！
你下次食，
會開心好多。

【一六九】

大學雞

好多大學生，
讀完該科目，
並非做該科目工作。
所以上一代講得好正確：
讀屎片得嚟喇！

【一七〇】

神志不清

聲稱無錢的人；
最恐怖的地方是；
會走去吸毒！
吸毒好貴的！

【一七一】

代號

爛飲叫「酒鬼」；
召妓叫「雞蟲」；
食煙叫「煙鏟」；
官商鄉黑叫「賤精」。

【一七二】

無眼睇

不少新入行的新聞工作者，
不是姓「黨」，
就是姓「無能」。

【一七三】

重口味

茶是故鄉濃；
搽藥也唧膿。
〔註：這是一首暗瘡詩。〕

【一七四】

十年

十年前 903 賣的是，青春痘廣告；
十年後 903 賣的是，痔瘡膏廣告；
是電台變了？
還是自己變了？
是時代變了！

【一七五】

爺奶味

如果太多爺奶味，
港豬力無訂企；
但港豬力返翻嚟，
爺奶味又唔爭氣；
黨味！嗤晒你！

【一七六】

無所不能

文化界無文化；
法律界不守法；
制服界不執法……
有人，寫作界無出書！
出詩！

【一七七】

食死貓

明明係「出鼠」；
變成「出貓」！
「冤枉呀大人！喵～」

【一七八】

打橫來講

自從漢字文字右至左排列，
被西方文化入侵後；
貓熊，最終變成熊貓！

【一七九】

請問貓大人

有貓巴士；
點解無貓多士呢？！

【一八〇】Cheeze gag

自從大陸化……
芝士被寫作「起司」；
我次次都聯想到「起屍」！

【一八二】

起司急口令

「起司」死時四十四；

殭屍芝士！

【一八三】

屍變思辯

一咬「殭屍芝士」；
到底是人變芝士？
定芝士變人？！

【一八三】

不如拔罐

難怪曾說出不能成為菲比斯，
怎麼可能雙金，
這晚我認真看見……紫尿。

【一八四】

唰唰唰～

每次聽到附近有些不明怪聲；
左看右看；
感到有些恐懼；
最終也只會發現；
是膠拖鞋的磨擦聲。

【一八五】

飛行里數

儲飛行里數，
最唔開心嘅地方，
係無公理！

【一八六】

Matrix

人們都說，
大家其實身處 Matrix 虛擬世界；
但曾否想過，
若果醒來，
原來是沒有立體的 2D 現實。

【一八七】

外星喜宴

外星人擺婚宴；
第一道菜；
紅燒人類BB。

【一八八】

榕樹頭

昔日，
人們在榕樹頭，
聽講古佬講古；
並不是講古佬故事動聽，
而是人們肯聽故事。

【一八九】

搵鬼去

主題樂園的鬼屋，
不就是應該畀鬼去嗎?!
人去做甚麼?!

【一九〇】

尋人

昔日「尋人」廣告的「人」字，
是倒轉印；
聽說是吸引人注意；
蝙蝠俠！你贏！

【一九二】

踢 talk

曾有學生，
邀請我到場講座，
給我半個鐘；
真係太睇得起我！

【一九二】

講之無味，聽之可惜

到喉唔到肺，
是一回事；
連舌尖都未過，
就是另一回事！

【一九三】

世界已變了樣

中年危機爆發，
是因為，
細個見到的，
都是警察叔叔，
現在見到的，
全是警察BB。

【一九四】

中英對照

香港有間 ABC 餅店，
中文譯名是「愛皮西餅店」；
我日後也要開間 DEF 苦言書店，
漢名為，
「頂你肺苦言書店」。

【一九五】

Selfie

有些人，
人前人後兩個樣！
何止呢?!
有些人對著自己，
亦有三千種賣相。

【一九六】

識揀當然係咁揀

有啲人！
輪迴時，突登揀做貓嘅！
〔怒！〕

【一九七】

男人最怕的恐怖片

恐怖片名加一個字，變得更恐怖；
月經光光心慌慌！

【一九八】

紅白大賽

日本紅白大賽幾十年；
還不知道是性教育節目?!
紅，代表月經；
白，代表夢遺。

【一九九】

變形人魔

古語有云：天圓地方；

人呢?!

變形！

【二〇〇】

全部關佢事

人生不如意事十常689！

【二〇一】

朋友的關心

人生，
朋友最關心你是，
數目不夠七，
以及沒有叉使用。

【二〇二】

兩性不平等

性別歧視！
為甚麼只有「不倒翁」，
而沒有「不倒媼」?!
原來又係性暗示。

【二〇三】

飲奶

人要飲牛奶；
那，就讓牛飲人奶吧！

【二〇四】

祝聖

神父祝聖過的水，
真的成為聖水?!
那麼，神父祝聖過的屎，
真的成為聖屎嗎?!

【二〇五】

義勇軍

工人階級聯合起來；
被管治！

【二〇六】

一生何求

一生人；
死儲爛儲，交首期；
死省爛省，月供樓；
偉大圍標，天價維修；
專業收購，八成強拍；
退休失業，臨終瞓街；
一生人……為乜?!

【二〇七】

好睇唔好食

我們每天都進行柏拉圖式的進食；
看別人Po的Facebook食物相！

【二〇八】

選舉

若果選舉可以選死去的人，
全城養鬼仔，
也在所難免。

【二〇九】

呃呃氹氹

朋友說，
愛情，都是兩公婆一世人呃呃氹氹的遊戲；
我話，
政治，都是政權同市民生活中呃呃氹氹的遊戲；
另一位朋友看到我們對話，問：
想了很久，有甚麼不是呃呃氹氹的遊戲?!
……我想了很久……
想到了；
連環殺手與被害者的關係！

【二一〇】

團團轉：猜食物

觀看著別人的手，
在跳著旋轉舞蹈，
幾圈！
才放進口；
軟雪糕。

【三二】

團團轉：再猜食物

觀看著別人的手，
在跳著旋轉舞蹈，
幾圈！
才放進口；
棉花糖。

【二一二】

農曆新年

全球大部分華人慶祝農曆新年；
其中九成九不是農民！

【三十三】

感恩節

全美國大部分白人慶祝感恩節；
其中九成九不是印第安人！

【二一四】

古文明

古文明！古文明！
說穿了，
就是文明有限，
不能維持至今！

【二一五】

陰謀論

當你懷疑過自己不是父母親生，恭喜您！

你是真「陰謀論」者！

【二一六】

飛碟

UFO 是飛碟；
Frisbee 又是飛碟；
這就是中國人科學觀落後之原因！

【二一七】

萌貓Look

說是沒有了耳朵的貓，
就人人鍾意；
喂！明明係光頭佬嚟㗎！

【二一八】

生人之墓地

你將靈魂加按畀魔鬼；
在世得到虛榮；
死後得到地獄。

【二一九】

半夜響鈴

有些人，
自私到一個點，
半夜三點失眠，
去 Whatsapp 人。

【二三〇】

咖啡大神

咖啡是生命、是道路；
接受咖啡的洗，
沒有永生，
也起碼有半日……精神。

【二二一】

中央的祝福

中央祝福呢個；
中央祝福果個；
吓?!
中央政府唯物論喎！

【二二二】

人同電腦邊個醒?

一個人,
好講邏輯,
好講理性分析,
好中立;
同電腦有乜分別?!

【二二三】偷窺心理

日記，
係寫完自己唔會睇返；
但想睇人哋果本！

【二二四】

見光死

其實，黑暗無傷過人；
太陽先會！

【二二五】

盲點

面對黑暗，
你還可擁有眼睛；
面對太陽，
你會盲！

【二二六】

所謂應許地

若果魔鬼向你說的甜言蜜語可怕，
流奶與蜜土地之承諾，
更是災難！

【二二七】

出埃及記

土地問題，早在六千年前，猶太族群中，已出現。

【二二八】

摩西與新郎

摩西一舉，
過紅海；
新郎一舉，
亦過紅海。

【二二九】

遺言

被殺者，
最遺憾之地方是，
遺言，
只能對殺他的人説！

【二三〇】

聽明狗

若果人類根本就係火星人，
若果人類祖先係殺晒原本嘅地球人，
那麼，
狗係最識時務㗎！

【二三一】

驅貓人

中學生發明驅貓器；
獲獎！
這城市離發明驅老人器不遠了。

【二三二】IQ博士

每次在床下底找回三十年前的「IQ博士」公仔，
都開心到震！
不是因為玩具，
而是因為有個幸福的童年。

【二三三】

白頭到老　永結同金

若果婚姻是「強積金」，
六十五歲才取清「愛」，
離婚機率可能會減少吧！

【二三四】

一語中的

若果愛情就是錢，
你唔會唔愛吧?!

【二三五】

笑死人

我發現，
有些醜樣的人，
完全唔識掩飾弱點；
笑就得喋啦！
︹死蠢！︺

【二三六】

神奇女俠

若果，
係薛歌妮韋花，
扮演神奇女俠！
就最正啦！

【二三七】

叮噹的時光機

若果利用叮噹，
將原本娶技安個妹，
變成娶靜兒；
而大家覺得正常，
及無道德問題的話？
我利用時光機，
將自己變成李嘉誠個仔！
都唔應該畀人質疑。

【二三八】

內置的時光機

其實，
每個人都有部時光機：
名叫回憶。

【二三九】

被祝聖的螞民

祝聖的糖，
叫「聖糖」；
只供螞蟻崇拜。

【二四〇】

關於睇戲

入戲院，
看場戲；
到底在享受播放電影那刻？
還是完場後的評論？
值得大家思考！

【二四一】

父與子

老豆教地理，
但唔鍾意旅行；
阿仔乜都唔識，
但走遍全世界。
洪永城！

【二四二】

傷心的旅行家

去完東德，去西德；
去咗兩個國家啦！
東西德統一；
最唔開心係，
插旗的旅行家！

【二四三】

亂想的旅行家

插旗的旅行家，
終極理想，
係去分裂所有國家！

【二四四】

尖沙咀共和國的版圖

自從尖沙咀獨立了後，
圓方、凱旋門……等等，
併回大角咀；
大快人心！

【二四五】

與女伴同遊的驚奇

與女性同行旅遊的三次另類經歷：
與母親到布拉格，
叫兒子幫她買衛生條；
與年長過我的女性朋友到阿爾及利亞，
叫我陪她買衛生巾；
與年輕過我的女性朋友到雲南，
又叫我陪她買衛生棉；
喂！女人！
你們是多麼的不負責任！
自己月經自己救！

【二四六】十八情懷有舊詩

在翻開1990年的舊剪紙中，
夾雜一首我的詩，當年十八歲——

「愛下雨是我永沒改；
我在雨下再憶記我日子；
問誰是我家國人；
問誰是我的心；
為何仍在等；
當天我一切像天空。」
〔我自己都覺得幾難頂！〕

【二四七】

形態

豬肉乾；
牛肉乾；
雞肉乾；
魚肉乾；
有無水乾㗎?!
……
你無食過雪條?!

【二四八】

兒童身份證

拿出你張兒童身份證看看；
足以證明，
你在入境處換證時，
跟另一個人錯誤對掉了。

【二四九】

愛的錢包

女友：「為甚麼你對我的愛少了那麼多?!」

男友：「難道你不知道近日匯率跌了不少嗎?!」

【二五〇】

見到雲海叫哥哥

警察叔叔；
長腿叔叔；
麥當勞叔叔；
肯德基上校！
……你贏！

【二五一】

尋找100%

呃秤；
水份太多；
偷工減料；
……杯麵嚟喎！

【二五二】

拍枱

導演：「唔識拍戲，卻又評三評四！」

觀眾：「你唔識種稻，又去食飯?!你食屎啦！」

【二五三】

關於公平

人生最公平不是人人都有一死；
而是，
無論你幾有錢、幾高貴、幾靚仔、幾靚女，
都要屙屎！

【二五四】

無論逆境順境

有時虛空；
有時捕風；
無論得時不得時，
總要局屎。

【二五五】

聖人與我

試想想：
耶穌要屙屎；
佛祖要屙屎；
孔子要屙屎；
德蘭修女要屙屎；
戴安娜王妃要屙屎；
屎！永遠與我們同在！

【二五六】

分辨好果子

透過屎，
便知道，
吃過甚麼果子！

【二五七】

政客

政客不斷抽水，
因為他們是抽水馬桶！

【二五八】

善哉！善哉！

世界上，
有個物種，
無論你殺死它本身，
或不斷重複殺死它的同類，
也不會報復！
——植物。

【二五九】

上善若水

若果，

壞人死後輪迴成植物；

好人死後輪迴成甚麼呢？！

——水。

【二六〇】

仙氣

人若是水；
壞人結成冰；
好人化蒸氣。

【二六一】

FB 大神的賜予

Like 者得救；
留言得水牛；
Share 得永生。

【二六二】

靜候佳音

GOOD NEWS；
四好音書；
傳好新聞。

【二六三】

可樂的對手

「可口可樂」敵對勢力，
是「百事可樂」這概念，
錯得非常離譜！
有志打對台的……
請出產「萬惡可悲」！

【二六四】

萬惡之源

「萬惡淫為首！」；
錯得好交關！
是「萬惡人為首！」；
野生動物淫得好開心、好平衡的！

【二六五】

驅魔後繼無人

羅國輝神父表示：

「香港需要……驅魔！」

但……

唔夠驅魔人呢！

【二六六】

子烏虛有

陰謀論在香港，
市場越來越細；
因為……，
個個明張目膽了！

【二六七】

短暫的光陰

慢活……是人生；
快活……出世兩秒即死！
大夭折！

【二六八】

和平獎得主

中國女人嫁洋佬；
通敵叛國！
中國男人娶洋妞；
佔領外族！
中國人與中國人結婚；
內戰！
單身……；
真正和平主義者！

【二六九】

心都碎了

玻璃心；
最玻璃之地方是，
以為自己的心是鑽石！

【二七〇】

賣旗

中一那年，
第一次去賣旗；
在觀塘賣了半天，
才發現……
一直無拉拉鏈！
原來，
我是真．賣旗！

【二七一】

老師與我

老師：「各位同學，有無問題?!」

我：「老師你連自己有無問題都要問我哋?!你點教書㗎！」

【二七二】

全世界等我開飯

自小家教很嚴；
我是家族中最小那位，
要叫了所有人……才可起筷！
內心世界……我要叫晒所有人，
他們才可以起筷！

【二七三】

媽媽和爸爸

專家說：
「媽媽」這個發音，
是從嬰孩哺母乳而衍生；
那麼「爸爸」呢?!
必定是，
誤哺空乳小口退出時之聲響吧！

【二七四】

父之過

若要清算父親，
一世人多少次向子女之承諾，
是落空的！
所以，
別怪子女向父親許的承諾也總是落空的！

【二七五】

深信不疑

子女：「媽！老豆應承我嘅嘢又無做啦！」

母親：「這個……我太明白！」

【二七六】

傻的爸？

父親的內心世界——
若果一應承就要做；
睇嚟我要係李嘉誠！

【二七七】

左右做人難

女人：「你做唔到就唔好應承！」

男人：「我唔應承你哋會停咩！」

【二七八】

污糟巷

豬港橋邊扭屎花；
污糟巷口直頭邪；
舊時殖民堂前燕；
飛入沉淪百姓家。

【二七九】

快餐

其實無論A餐B餐C餐，
都係C餐；
屍餐！

【二八〇】

手無寸鐵

曾經有人同我講，
Dr. WHO 好低能，
未來世界仲用原始機關槍！
……Well，而家最恐怖的 ISIS，
都係用最原始嘅刀，
切割人頭落嚟！

【二八一】

誰是得救者？

聖經講到末世前，
得救者會被提；
古埃及人；
古巴比倫人；
古阿述人；
古波斯人；
古三星堆人；
古瑪雅人；
走晒啦！

【二八二】

末世情境

過去一百年；
大洪水；
大地震；
大海嘯；
大颱風；
隕石襲擊；
世界大戰；
大型核災……都發生了，
我們不在末世災難中，
會在哪裡?!

【二八三】

阿門

不要怕，人類會滅亡；
只要信，人類最抵死！

【二八四】

虛驚一場

若果死亡是幻覺；
生存就是幻覺前哨戰。

【二八五】

由生產陣痛說起

到底人們是追求痛楚？
還是逃避痛楚呢？！
窮一生也矛盾地，
存在兩者之間！
痛與不痛，原不相配呀！

【二八六】

數碼殺人時代

當智能手機變成相機，
相機就變成攻擊性殺人武器了；
……不是早就是這樣嗎?!

【二八七】

最後倒數

若果人生最後十秒，
所有親朋戚友可以一齊倒數，
你說多好！

【二八八】

十三億

中國人最厲害的，
不是「孫子兵法」；
而是「子孫根兵法」，
人口多到……！

【二八九】

我愛卡式帶

電影「Matrix」，

講述機械母體不能令人類生活完美；

否則極速死亡！

所以我仲係喜歡聽卡式帶，

掉磁、走音、變速……

才能令長久生存！

〔附：網絡聽歌的人會死得好快；

……well，聽 live 可保命！〕

【二九〇】

做乜誃嘢？

你接受能力有多強？
若果你根本係神?!
若果你根本係機械人?!
若果你根本係別人的夢境?!
若果你根本係數字?!
若果，根本無你、我、他?!
夠鐘食藥啦！

【二九一】

我身心獻

以熱氣還天地；
交身心獻炸雞。

【二九二】

輓聯

恪守黨紀一生節與美國籍；
善全晚節千古心同七月四。

【二九三】

樹人

種植每一粒種子，
由發芽到生長再長成巨木，
沒有一棵是相同的；
香港種人，
要求每一個細路，
由志向到想法及心態，
都希望一模一樣；
父母看見仔女枯死那刻……別見怪；
你們一手造成的！

【二九四】

應該叫做「魚尾人」

「美人魚」，
係最大的歧視稱呼；
人魚混種，
一定係美的嗎?!
……我見過混血兒醜樣㗎！
我真係見過！

【二九五】

地獄萬聖節

地獄在慶祝萬聖節；
眾魔悉心打扮一番；
有扮天使，
有扮聖母，
有扮聖人，
其中一個，被眾圍起，議論紛紛；
「你扮耶穌釘十字架，血淋淋！好唔識玩囉！」

【二九六】

愛情這種病

單獨係病；
愛情係手術過程；
死在手術枱的人，
也真不少。

【二九七】

大量的方丈

捐贈器官計劃一百年後；
當局設立，
捐贈小器計劃。

【二九八】

所謂「方丈份人好小器」

「方丈！少林寺歷史悠久，為甚麼不叫做老林寺？」

「你同我滾！」

「好嘢！終於明正言順破色戒！」

【二九九】

人生是一首詩

人生就像一首新詩：
沒有起承轉合；
沒有抑揚頓挫；
多變；
求新；
不可能以常理出牌；
不怕寫錯；
只怕不肯寫第一個字；
李白醉寫心思而溺斃；
沫若苟且舔鞋而風光；
我還是選擇前者。

【三〇〇】咁就完了？

完：：・)(《》~-@/*%※##

〔hey！那些不是粗口呀！心邪！〕

後記

靈異已死，新詩不滅！

雲詩三百首

作者　雲海
封面繪圖　孤葉
編輯　阿丁

出版　格子盒作室 gezi workstation
郵寄地址：香港中環皇后大道中 70 號卡佛大廈 1104 室
臉書：www.facebook.com/gezibooks
電郵：gezi.workstation@gmail.com

發行　一代匯集
聯絡地址：九龍旺角塘尾道 64 號龍駒企業大廈 10B&D 室
電話：2783-8102
傳真：2396-0050

承印　美雅印刷製本有限公司

出版日期　2016 年 12 月（初版）

ISBN　978-988-14368-4-9